물의 가면

윤인미

1970년 수원에서 태어나 단국대 영문학과를 졸업했다.
2013년 계간 『시와미학』으로 등단하였다.
시집 『물의 가면』이 있다.
ultimate70@naver.com

황금알 시인선 175
물의 가면

초판발행일 | 2018년 7월 31일

지은이 | 윤인미
펴낸곳 | 도서출판 황금알
펴낸이 | 金永馥
선정위원 | 김영승 · 마종기 · 유안진 · 이수익
주간 | 김영탁
편집실장 | 조경숙
표지디자인 | 칼라박스
주소 | 03088 서울시 종로구 이화장2길 29-3, 104호(동숭동)
전화 | 02)2275-9171
팩스 | 02)2275-9172
이메일 | tibet21@hanmail.net
홈페이지 | http://goldegg21.com
출판등록 | 2003년 03월 26일(제300-2003-230호)

ISBN 979-11-89205-06-5-03810

물의 가면

윤인미 시집

황금알

마음의 습관이 나를 여기로 데려왔다

빛나는 허무에 닿기 위해 바싹 엎드린다

물비늘 속보다 더 투명한 가식에 닿고 싶은 심보다

갈 수 없을 만큼만 가보자

2018년 여름

차 례

2부

3부

4부

1부

침묵

여기, 본질을 무시하는 침묵이 있다

소리 없는 날갯짓

침묵의 표정은 융통성이 없다

저 솟대는 악착같이 본질에 집착한다

능강 솟대공원의 나무기러기들, 침묵으로 나무의 기억을 뛰어넘는다

본질은 그 고유의 성질만큼 침묵을 원한다

침묵은 본질을 연장하거나 변형시킬 수 있다고 믿는다

날 수 없는 현실이 팽배하다

나무가 새를 꽉 붙잡고 있다

물의 가면

멀어지는 기분만 있었다

생각에 묶인 채 생각 외에 충실했다

이목구비처럼 표정에 동조했지만 눈꺼풀은 눈을 몰랐다

시간은 애매하게 나를 헛디뎠다

어딜 가도 벗어 놓은 그림자만 만났다

탄내 나는 기억이 몸으로부터 고립되었다

기억이 뒤집힐 때마다 쫓기는 내가 쫓는 나를 추월했다

노인의 주름처럼 짖어댔다

흙빛으로 무심해질 때까지

아직두 타닥거리며 얼어붙은 변명 쪽으로 걸어가는 마
음은 없다

아는 소리

누군가 둔기 같은 소리로 등을 내리친다

아는 소리가 모르는 듯 걸어오고 모르는 소리가 아는 듯 달려온다

모르는 소리는 멀쩡한 곳을 들썩이고 아는 소리는 딱, 거기 약을 발라 준다

그 약은, 따갑지도 않고 순식간에 통증을 지운다

모르는 소리도 아는 만큼 상처에 다가오며 아는 소리가 되어 간다 그 사이,

아는 소리는 경계를 넘어와 더 깊이 아는 소리가 되어 소리를 가둔다

둘러보면, 모두 아는 소리뿐, 전부를 걸되 내일을 기약하지 않는 시간이 진동한다

무상하고 괴롭고 내 것이 아닌 지나가지 못한 것들이
지나감을 전한다

을_乙의 논리

나보다 한마디쯤 앞서는 눈물도 갑이다
항상 참을 수 없이 흘러 나를 이긴다

외길만 고집하는 모성도 갑이다
잘 빗고 꾹꾹 눌러 주어도
다시 제자리로 돌아오는 가르마처럼

좌절을 용서 못 하는 결심도 갑이다
방충망에 걸린 나비를 발견하고
보내 주려고 이리저리 길을 내어주어도
나비의 집념이 끝내 나비 날개를 주저앉히는 것처럼

일기 예보에 예고된 비도 갑이다
젖지 않으려고 장화를 신고 큰 우산을 똑바로 써도
한쪽 어깨가 젖고 만다

텅 비어서 빛나는 마음도 갑이다
욕망이 들어올 틈 없이 품고 있다가
꼭 당신에게 보이고 싶을 때

본래 있던 그 자리는 온데간데없다

다 안다고 믿는 당신의 현재도 갑이다
온종일 막다른 골목에서 당신을 기다려도
당신은 이미 다른 추억을 건너고 있다

나를 지나쳤거나 나에게 미처 닿지 못한
모든 것들을 아쉬워하며 떠올리는 순간
나는 갑에서 멀어질 것이다

아트 테라피

여기, 눈으로 볼 수 없어도 그려지는 그림이 있어요

붓끝으로 당신과 나의 마음이 모이면 당신의 인생이 걸어 들어와 우린 그림의 한가운데 놓이게 되지요

당신의 상처, 그 어디쯤, 색이 가파르고 위험해 보이는 그곳,

홀로 요동치다 잠잠해지는 그림 속으로 생각보다 먼저 내 손가락이 다가가요 부드럽게 학습된 손가락이 당신에겐 날카로운 창이었나 봐요 놀란 당신은 발걸음을 붓대처럼 세우고 걸어가네요

가는 선이 눈보라를 맞으며 힘겹게 고갯마루를 넘어가요 빛깔은 잊고 향기가 비슷한 암매嚴梅, 지금 나는 마음 하나를 꺾어들고 향을 지펴요

당신의 상처 속으로

명분을 찾아서

명분의 뼈가 헐거워지고 있다

명분 속에 숨어 살다가 새로운 명분을 물색한다

이빨로 잡을 수 있는 모든 명분을 앞에 쌓는다

어깨가 쫙 벌어진 명분들이 엎어져 꼬인 디리를 풀고 있다

잘근잘근 산채로 명분의 껍질을 오징어처럼 훌러덩 벗긴다

명분은 이웃집 아줌마의 얼굴이면서, 수만 가지의 표정을 가져야 한다

표정은 명분보다는 상위개념 명분이 제대로 서야 표정이 생긴다

이번에는 표정이 명분을 좇는다 나는 전보다 자주 벽에 부딪힌다

무너지는 뼈가 마음을 헛디딜 때마다 튕겨 나오는 불안들, 등 보인 사람의 첫말처럼 시리다

손의 방외方外

손이 전혀 없는 건 아니지만
갇힌 손을 기억하는 일만큼 달리 손이 없을 때

사판의 세계보다 이판의 세계를 편애한다

이판사판 볼 것 없이 아무 기억이나 달라붙어
불꽃처럼 손을 점화한다

그때 그 손에 의존해서 존재하던 수많은 손은
지킬 것이 많은 빈손을 펼치며
믿음과 결과를 반복한다

손은 어떤 결심도 방생하지 않는다

비슷해서 뭉개지고
달라서 뭉쳐지는 시간들
꼭 쥐거나 놓는 힘으로 그 무늬를 붙잡는다

무늬만 무성한 손금을 벗고

한 번도 만난 적 없는 손을 추억한다

분명해지기 직전의 마음이
여기까지 끌고 온 두터운 믿음을 도약하려 하자
손은 더 옹색하게 묻힌다

그곳은 익숙한 미래, 낯선 과거
그 중간 어디쯤일 것이다

이차적 물병

물병에게는 줄곧 물이 되고 싶은
절박한 혀가 있다

다가올 물은 지나간 물을 딛고
벽과 맞서고 있다

생존방식이 그것을 익혔다

내내 잊은 적도 없는데
에두르고 있던 몸이 번졌다

우연한 물이
뒤틀리고 휘어진 시선에 붙들린다

물병이 아니라 감쪽같이 아무는
물이라고 되묻지만

벌컥 깨닫고도
여전히 꾹 참는 입술

괄호 밖에 있는 것처럼
끊임없이 개입한다

절절한 사물과 절실한 사태를
분별의 한 끝으로 연장하면서

비의 일기

잿빛 구름이 전선을 타고 건너온다

가녀린 숨소리가 백지 속으로 기어든다

손끝으로 구름을 품은 백지의 모서리를 더듬는다 눅눅
함을 구긴다

구름이 간결해지도록 잘게 찢어진다

또 하나의 하늘을 그리워할 때까지 백지를 입에 넣고
씹는다

혀끝으로 구름의 뼈와 살을 분리하면서 입 밖으로 숨
겨진 구름을 뱉는다

지나가는 사람들 속에 무심히 섞이도록,

그래도 구름이 구름이라면

낯선 백지 속에 기록될 것이다

하루가 흠뻑 젖는다

구름이 가지런해진다

신시申時

서로의 구름을 머리에 이고 나란히 핀 우리는

자꾸 신경 쓰인다 없는 금이 늘어나면서 얇게 퍼져도
키스는 현침살懸針殺처럼 날카로울까

말을 비비고 섞어도 바늘땀이 씹힌다

두 가지 모양이 없는 하늘을 떠올려 자명한 시간 속에
비춘다

당신의 붉은 향기가 돌아온 적 없지만, 감정으로 감각
을 알아차렸을 때

외길이었다

세상의 모든 말들이 절벽처럼 끊어지는 동안 아직도
오고 있는 당신의 구름이 안타까워

편견처럼 굳어가는 마음을 소문처럼 던지며 달아나는

날이 많았다

　날마다 낯설어서 낯설 것이 없는 나의 죄를 빌었다

　애써도 한결같을 마음을 잊었다

　지금 흐린 하늘은 부드럽고 뭉툭한 모퉁이를 돌아가고
있다

　나는 계통 없이 되돌아가는 최초의 말문에 몰려

　참아야 이어지는 거듭 이어도 제자리인 그 말

　한 개의 소리로 나머지 체험들을 쪼개고 있다

낙화
— 베르니케 실어증*

종일 말랑말랑한
바람의 혀를 쫓는다

전생을 핥다가 미래를 물고
시계 속으로 사라진다

혀를 놓친 입속에서
마른 풋내가 난다

오늘은 틈이 없고 질기다

지금을 씹고 있는 혀가
쉼 없이 고이는 갈증을 뱉는다

흩어진 세상의 모든 말이
이곳으로 모여든다

나무의 입술이 깨지고
가화假花 같은 마음이 쏟아진다

말을 벗은 벗나무
자신의 그늘에 업혀 있다

* 베르니케 영역에 손상이 생겨서 다른 사람의 말을 잘 이해하지 못하고, 유
  창하지만 무의미한 언어를 생성해 내는 증상

젖은 오후

사는 게 팍팍할 때
옥동자 집을 찾아간다

사주 받아든 점쟁이가
귀퉁이가 털린 만세력을 들춰
세상의 우글우글한 근심 중에서
내 근심을 찾는다

무엇이든 쌀 수 있는 보자기를
내 면상에 던진다
그럴 때마다 나는,
손바닥만 한 말의 보자기 속에 갇혀
말문이 닫힌다

그 많은 근심 중에서 내 고민은 표정이 아니다
단지 시간 위에 자빠진 감정일 뿐이다

다음 손님이 방문을 열자 점쟁이는
젖은 신발 같은 나를

쏟아지는 빗속에 내동댕이친다

창자같이 미끌거리고 구불구불한
골목을 빠져나온다

홀쭉해진 지갑 안에
젖은 나를 구겨 넣는 중이다

고리디우스의 매듭

혀를 숙여
당신을 붙잡는다
당신이 멈춘다

혀에 붙은 마음을 털어내고
당신의 배경을 탐색한다
당신의 말은 같은 자리를 맴돈다

혀를 자유롭게 풀어
당신을 있는 그대로 읽어 본다
당신은 말을 아끼고 가만히 나를 바라본다

혀를 멈추고
눈빛으로 당신을 붙잡는다
당신은 여전히 말이 없다

혀를 빳빳이 세워
당신을 재점검한다
당신의 말은 당신의 배경을 지우고 당신만 남긴다

혀끝에 남아 있는
완강하고 또렷한 방향성으로
당신과 나를 묶는다
당분간 나는 풀리지 않는다

2부

입하立夏

저울질하던 감정이 얼굴로 범람한다

대화가 주춤거린다 놀란 얼굴이 두레박을 내린다

급히 올라온 표정은 건조하고 윤기가 없다

그 무표정으로 대화를 묶는다 마음이 쉽게 갈라지고
끊어진다

모퉁이에 몰린 대화가 대화 밖을 바라본다

우물가에 살구꽃이 시드는 계절

가끔 우물이 있던 그 자리에 얼굴을 넣어 본다

사라진 우물의 입이 나타난다

그네의 입장

그네 위에는 그네가 감당할 만큼의 생각이 담겨 있다
비가 와도 씻기지 않는

폐교에 홀로 서 있는 그네, 우리는 쉽게 오해한다 생
각을 놓쳤거나 스스로 다른 대상이 되고 싶어한다고

비상을 꿈꾸는 그네는 지상에 없다 그저 자신의 보폭
으로 스스로를 통제할 뿐

반경 밖으로 나가지 못한 생각이 그네 위에 덥석 앉는다

그 생각이 눈물을 쏟는다 그네의 입장과는 무관한 바
람이 그네의 등을 떠민다

그네가 쇳소리를 뱉으며 가까스로 보폭을 정리한다

그 말은

불쑥 발부터 들이민다

입술에 별과 달과 해가 묻어 있다

울타리보다는 문에 더 끌린다

손을 넣으면 아프지 않지만 생각을 넣으면 아프다

법전을 펼치면 한 개도 없다

혀의 꼬리를 낮추어도 발톱이 있다

발톱은 자라서 살을 파고든다

머뭇거리는 눈빛으로 한 사람에게 그 말을 쏜다 때
로는 흉기가 번쩍인다

우리 또는 나머지 시간들이 영혼을 섞는다 이론처럼
질겨진다

과장된 것일수록 쉽게 퇴색한다

갈수록 묽어지는 내 안으로 깃털보다 더 보드랍게 발을 들이민다

약속보다는 충돌에 더 끌린다

0의 의미

다만, 마음이 있다

마음을 감싸는 부드럽고 차진 기억을
씹으면 시간이 쫄깃해진다

마음먹은 대로
회랑같이 그윽한
한 사람을 통과하려면

허공에 숨결을 걸어 두고
망치를 쥔 시간으로
기억을 두드려 길게 늘려야 한다

그러나 섣불리
부증불감의 경전에 담금질 되어
기억의 투지를 벼린다

그때 나는, 내내 없다가 불쑥
시작되는 한 사람

지워도 또다시 지워지는
수많은 나를 둘러업고
그 사람이 지나간 부피를 견딘다

마음만 있어서
더 마음인 적 없는 마음의 비계
허물 용기가 없다

젖은 향기
— 귀스타브 쿠르베의 잠

두 여자 잠 속에 엉켜 있다
불안한 생각이 쏟아질 것 같다
잠은 백합 향처럼
갇힌 여자들은 질퍽한 기억처럼

바람에 미끄러진 잠이
어딘가에 오해를 만들 때
잠은 잠을 뛰어넘는다

여자는 흘러갈 때만
사람의 몸에서 뛰어내린다

그늘없는 마음은
자꾸 어제의 가지 끝을
헛짚기만 하는데

체온에 매달린
오도 가도 못 하는 생각은
안전할까

어디에도 발이 닿지 않는
잠이 목마르다

잠이 넘친다

무턱대고 잠만 넘친다

혀 1

손으로 얼굴을 괴고 오래도록 당신을 바라봐요 창 하
나를 사이에 두고

우리 둘은 너무도 먼 나라의 사람들

익숙해지면 쉽게 오해하는 법,
창문으로 들어와 어디론가 뻗어 가는 당신의 언어, 지
금 막, 내가 쏟아내는 언어 위에 내려와 앉네요

우리 둘은 너무도 가까워질 수 있는 사람들

조여 오며 하나가 되고 싶어하는 당신의 사랑이
섞일 수 없는 내 마음을 지그시 눌러요

포크처럼 포개어져도 나이프처럼 헤어져도
의미 없이 서로 맴도는

당신과 나의 거리는 지상에서 가장 가까운 거리

그런데 당신의 언어보다 먼저 창을 넘어온 눈빛은
왜 아직도 제자리에 묶여 있죠

혀 2

대부분의 그녀는* 대부분 잘 먹는다 한통속이다 그녀들 중심에 서면 갇힌 바람이 뼈와 골수 파먹는 소리가 들린다

대부분의 그녀는 대부분으로 읽히는 것을 싫어한다 피었다 지는 꽃처럼 그러나 이름은 서랍 속에 두고 다닌다

대부분의 그녀는 대부분의 생生을 과녁으로 인식한다 과녁은 자신의 결핍을 추궁하는 눈빛. 눈빛이 강할수록 입에서 쏟아지는 화살로 심장을 맞힌다

대부분의 그녀는 대부분의 봄볕처럼 킥킥 웃는다 웃음소리는 말에 찍힌 앓는 소리 푸성귀 같은 상처가 여기저기서 웃자란다

대부분의 그녀는 대부분의 그에 의해서 보호받는다 대부분의 그는 중요한 순간에 자리에 없다

대부분의 그녀는 대부분의 그녀를 용서해야만 살 수

있다 이름을 호명하며 용서하는 것이 아니라 개괄적으로 용서한다

* 이수명 시인의 「대부분의 그는」에서 빌림.

혀 3

주둥이로 하는 말은 지폐가 보일 때 확 읽힌다 마음으로 하는 말은 알몸이 드러날 때 더듬더듬 읽힌다 주둥이와 마음은 문패를 같이 쓰는 사이, 아버지와 아들처럼, 엄마와 딸처럼 주둥이로 말하다가 우물쭈물 옷을 벗는다 마음으로 말하려다 욱, 하는 마음에 자빠져 주둥이로 허공을 후려친다

주둥이와 마음 그 어느 편도 들 수 없는 나는, 저물도록 돌아갈 말이 없다

혀 4

딱,
그녀가 머문 그곳까지만 가 보자

늘 입던 육체는 집에 두고
그녀의 것과 비슷한 것을 구해서 입고 가 보자
보폭도 기억해 흉내를 내 보자
기억이 축축한 그 지점에 도달하면
그녀의 행세를 제대로 해 보자
귀를 막고 뱉는 나의 말에
얻어맞아 피를 흘리며
아파하는 그녀를 재현해 보자

그녀에게 가는 데 한 생이 다 걸린다

처음처럼

두 손은 어디에
또 시선은 어디쯤 물러서야
그녀의 슬픔에
방해되지 않을까

아버지의 영정 앞에 엎드려
통곡하는 그녀의 어깨 위로
손을 얹고 싶은데

어설픈 위로는
성에처럼 남아 있는 아버지의 시간을
손바닥으로 쓱 닦는 일

지금 나는,
비어 있는 술잔을 채우는 중

한 손으로 술병을 꼭 잡고
나머지 한 손으로

이미 기운 술잔에 지문처럼 묻지 않게
또는 비치지 않게,

청량한 감옥

우리는 저마다
나무 한 그루를 가지고 있다
타인의 그늘에 많이 가려질수록
나무는 잘 자란다

물을 자주 주지 않아도
경계에 서 있으면 시들지 않는 나무
목을 빳빳이 세워
기억에 박혀 본다

안목이 좁은 어제를 꺼내 입고
말라비틀어진 그늘을 놓지 않는다

색에 들뜬 나무의 이마를
종일 짚어 주던 바람,
텅 빈 눈동자에 눈부신 이마를 부딪친다

그때 나무는 양손에 바라처럼 포개지는
시공時空을 쥐고

나무鑼舞*를 춘다

구부정한 기억이 가지처럼 닿아 있어도
구부려 앉힐 서로의 몸이 없다

* 바라춤

나무의 습성

오랫동안 웅크린 나무가 저린 다리를 펴다가 내용을 놓친다

생각이 쏟아진다

얼굴 없는 그 생각이 사방으로 날아간다

얼결에 생각을 뒤집어쓴 당신 걸음을 멈춘다 문득, 가을이라는 형식에 빠진다

닿기만 해도 쩍 갈라질 것 같은 나무의 몸뚱이, 홀가분한 가지 끝을 바라본다

수다가 사라진 자리가 고요하다

껍데기뿐인 생각은 생각이 아니다

그러나 나무는 몸을 떠난 형식을 해마다 반복한다

플라스틱 플라워

꽃의 환영을 좇는다

쟁반 속 꽃그림은 오래전 기억처럼 싱싱한데, 꽃은 비린내로 진동한다

희망과 절망이 종잇장처럼 쉽게 뒤집힌다

향기 없는 고등어를 꽃은 사랑할 수 있을까

꽃의 껍질에 집착할수록 꽃의 영혼도 겹겹 비린내가 벗겨진다

고등어와 꽃 사이에서 끊임없이 변하는 감정의 손익분기점을 찾고 있다

계산이 끝났을 때, 고등어도 꽃도 내 청춘도 이미 애매해졌다

3 부

아홉수

체험과 개념이 같은 무게였으면 좋겠다

조금 더 잘하려고 하지 않아도 잘했으면,
흔들려도 그 자리에서 흔들렸으면,
남을 참아 주는 것보다 나를 더 잘 참았으면,
이미 벌어진 상황에 매몰되지 않았으면,

피는 것보다 지는 것을 기억했으면 좋겠다

영성이 인격으로 재현돼서 혈관처럼 좁아지는 안목을
뻥 뚫었으면,

갠지스 강의 모래알처럼 졸렬하지만 지치지 않고 개체
성을 유지했으면,

사람의 무리를 벗어나도 다시 돌아갈 기억을 두지 않
았으면 좋겠다

치타

서랍 속 낡은 카메라,
몸속에 기억을 묻고 웅크린 채 미동도 없다
피 냄새를 쫓아 심장을 물어뜯던 행적을 뒤로한 채
깜박깜박 기억을 놓치고 있다
가끔 누군가의 손이 몸을 툭툭 건드리면
마지막 풍경을 언뜻언뜻 비추다 만다
갈수록 헐거워지는 등뼈 같은 시간
그는 누구를 그리워한 걸까
누가 찾아오길 간절히 기대한 걸까
왕성한 식욕은 검붉게 굳어 있다
누구나 꽉 물어서
더는 인화하고 싶지 않은 기억이 있다
굳어진 지 오래인 그의 입술이
그것을 말하려고 기다린 걸까 조리개를 열어 놓은 채,

TV 광고를 향해 그가 돌진한다
기록은 추억을 재생한다*

* 니콘 카메라 광고용 문구

물의 각도

사고는 물 흐르듯 빈번하다 그러나
하나의 화두에 집중한다

눈으로 고정하지 않고
가슴으로 데우지 않고
기억을 조작하지 않고

엑스레이처럼 감쪽같이
진심이 분명한 곳일수록
물이 맑다

가장 낮은 곳이
그들의 장지葬地

낮은 곳으로
더 낮은 곳으로 구부러지는

바위를 붙잡고
생각을 굽이쳐 본다

물독에 빠진 생쥐처럼
기억은 흠뻑 젖고

생각이 비치는 곳에
몸이 갇힌다

부동浮動하는 불안

벤치를 관념,
낙화를 질문이라 불러 본다

관념은 떠올릴수록 딱딱하고
질문은 들먹일수록 분분하다

나무 벤치 위로
홑겹의 질문이 쏟아진다

관념은 나무의 어제에
미련이 많다

어제는 보폭처럼 익숙하게
그늘을 게워 놓는다

들숨과 날숨만으로
질문은 나무南無를 피해
나무에 닿을 수 있을까

앉지도 못하는 불안이
바람의 멱살을 거머쥘 때
기억은 순식간에 인화된다

그 사이,
벼랑으로 내몰린 꽃들은
점점 예뻐지고 있다

두부의 외연

엄지와 집게손가락 사이 굵은 손금을 따라가다
빠르게 다가오는 속도를 느꼈다

그 어디쯤 나를 묻고 입 다문다

바퀴의 흔적처럼 입술은 기억을 돌돌 말아 뭉뚝하지만
예기치 못하게 불쑥, 돌출된다

정념正念을 입은 채 벗은 채

나 외의 것이라도 확 어쩔까 그사이,
구두 뒤축이 닳아지고 붕괴 직전의 건물이
다시 지어지고 주어진 운명만 정당화된다

주어지려다 만 운명과 주어질 운명은
정당화될 수 없을까 속도는 제쳐 놓고
내가 더 나 같지 않아 불편해서 부주의한다

아무래도 이번 생은 애매해서 붙잡고

확실해서 낭비했다

직구처럼 날아오는 나를 빈 하늘로
막고 있다 전보다 더 틀에 박힌 역설力說로

차선 없는 속도가 잉여 생각으로 흘러넘칠 때까지

아무의 도깨비

기억으로부터 배웠다
죽어야 한다는 추억을

죽기 위해
자막 같은 하루가 필요하고
죽음을 관망할 누군가의 극단적 미망이 필요하다

들숨처럼 온몸이 기억하는 죽음을
마음은 알지 못한 채
찬란하고 쓸쓸한 죽음을 좇는다

의문과 의심처럼 믿음과 이해가 다른 시간이 스치면
삶 같은 죽음이 올 거라고
마음은 없는 미련을 추스르지만

더 간절히 죽고 싶은 어제가
도깨비처럼 출몰할 것이다

그러니 당신은

날숨처럼 이어지는 나를
단박에 의심했으면 좋겠다

살아야 한다는 의문이
다시 기억되기 전에

믿음과 이해

우리 사이에 내가 온 적 없다고
당신은 섭섭해 하지만

그 섭섭한 날만큼
당신은 당신다워지는데

아무리 당신다워져도 나는
분명 오고 있고 이미 왔고

우리와 나 사이, 분별의 간격은
한 생각이 정확히 제 뜻에 이르렀을 때
나머지 생각이 문득 침묵할 수 있는 찰나이지만,
당신은 쭉 섭섭해

때마침 당신다워질 때
내가 당신으로 거듭날 수 없는 건

둘이면서 내내 둘이 아닌 자리自利와 이타利他처럼
우린 너무 가까워

당신이 나를 덜 알고 싶기 때문이다

벽돌 깨기

새의 알은 더럽고, 뱀의 알은 깨끗하다
새는 더러운 알 대신, 깨끗한 뱀의 알을 품는다
뱀이 알에서 나와 새를 잡아먹는다*

알을 품듯 생각을 오래 품으면
착한 공룡을 낳을 수 있을까

그 생각만으로 종잇장처럼 가벼워져
허공을 슬쩍 베기도 하는데

먼발치에서 눈동자를 굴리며
당신의 전생前生으로 나의 전생全生을
쪼개고 있는 세상

나와 나를 선동하는 나의 껍데기 누가,
아직 오지 않은 내 발목을 걸고넘어지는 걸까

절벽 끝에 매달려
소름처럼 우겨 보지만

세상은 나와 나의 눈부처에 가려
미처 보지 못했던 당신의 푸른
이마를 섞어 묽게 흘려 버리는데

가장 늦게 날아오는 후회가
나를 깨울 수 있을까

그러면 난, 나에게서 퇴장할 수 있을까

＊ 영화 〈란〉, 광대 쿄아미의 대사

길고양이, 루시

각진 기분이
나를 살짝 깨물면
몸에서 별이 튀어나온다

나는 내가 소용없고
밤하늘만 필요한데

어쩌자고 나는
나만 긁어댈까

        ＊

잠긴 문을 좌우로 비틀며
의심하는 눈,
베일 듯 날카로운 시선으로
나를 잘게 쪼갠다

눈꺼풀은
눈을 버리고 어디로 사라진 걸까
골목을 물어뜯고 있는
어둠은 남아도는데

*

눈뜬 시체처럼
밤이 없는 상처

살아도 죽어도
온통 담장뿐이다

매니큐어가 마르는 동안

여자보다 먼저 달려와
여자를 설명하는 시간이 있다
오고 있는데 왔다 간 것도 같은데
허기처럼 정확하게 여자를 본뜨고 있다

사람의 식성처럼 굳어 가는 저녁
반달만 한 손톱이 빈 하늘을 물어뜯고 있을 때
여자는 걸어온 길보다 더 깊숙한 길을 헤맨다

여자가 발치에 내다 버린 새벽
가사袈裟처럼 주워 입고 가부좌를 튼다

사람을 견디기 위해
여자의 두께에 갇힌 지금
가죽만 남은 기억에 여자麗姿*를 충전한다

별만큼 차고 푸른
먼 여자들이 반짝인다

* 어여쁜 자태

74

배후령터널

수시로 중앙선을 벗어난 감정이
마주 오던 말과 충돌한다
말은 타당한 감정을,
감정은 변명을 껴입는다
말과 감정이 목청을 높여
사고事故를 부풀린다
터널 속에 잠복해 있던
실제의 현장이 상황을 부추긴다
코끼리를 삼킨 구렁이처럼
사고思考는 변신을 거듭한다
현장이 수습되어도
감정은 여전히,
사고 직후의 감정으로 치닫는다
어둠을 배후로 자라나는 터널은
조금도 반성하지 않는다

각설탕처럼

퍼즐 조각 같은 감정들이 한
꺼번에 쏟아져 나를 삼키면
목만 남고 팔다리가 녹는다
목구멍에 빠진 오늘이 버둥
거린다

헝클어진 골목이 나를 삼키
면 분위기만 남고 담벼락이
녹아내린다 분위기를 삼킬
때마다 어제와 뒤엉킨 오늘
이 예언처럼 멀다

뭉개진 불빛이 나를 읽으면
고백은 사라지고 통증만 흘
러나온다 통증을 닦을 때마
다 내일이 와도 무사할 모서
리들은 오늘 더 예민하다

더는 비좁아 내가 나를 기억

할 수 없는 몸이 겹겹 구겨
입은 시간을 벗는다 그러나
나를 다녀간 너는 왜 아직도
나를 버틸까

진달래 조의금

제철을 놓쳤을 때
아무도 모르게 순서를 생략하고 싶을 때가 있다
아주 소박하게
한 발을 아끼려고 한 발을 크게 내딛다가
중심을 잃고 픽, 힘없이 쓰러질 때
누군가도 내 옆에 쓰러진다
피 한 방울 안 흘리고 산뜻하게 뚝!
영靈과 육肉을 깔끔히 분리한 바람이
조의금 봉투를 불쑥 내민다
온 산이 다 들썩인다

4 부

박수

  뭉그러진 내 귀는 늘 소리를 집어삼키는 박수를 상상
했어

상대의 흐트러진 틈을 타서 잠시,
거미줄처럼 끈적이는 허공에 양해를 구하고
미끈한 얼을 쪽 뽑아 업어치기
긴장이 울음처럼 왈칵
으스러지게 안아 조르기
빗나간 판단에 빗당겨치기

이번에도 우승을 놓쳤어
다리미로 쫙 펴진 반듯한 소리를 보냈지

소리가 박수로 둔갑하기 전
멀어서 두근거리는 두텁고 비린 감정은
궁극으로 치닫다가
스스로 잦아들듯 멈췄어

그에게는 패스트푸드처럼

덩치 큰 소리만을 보냈다고

그러니까 소리만 나는 세상
모든 박수는 가짜야

가족의 조건

가끔 우리도 저 새처럼 없는 풍경을 향해
바보처럼 가는 거 아닌가 그런 생각이 듭니다*

내가 나를 꽉 쥐면
당신이 뚝, 부러져
그런데도 우리는 영혼이 붙어 있어
뇌가 없어도 나는 당신을 고민해

내가 내 목을 비틀면
비명 대신 당신이 튀어나와
그런데도 우리는 기분이 붙어 있어
아프지 않아도 당신은 나처럼 우울해

당신과 나를 눈덩이처럼 뭉쳐
상식 밖으로 힘껏 던져
그런데도 우리는 시선이 붙어 있어
멀리 있어도 당신은 나를 지시해

우리는 우리를 규명하기 위해
바다 한가운데로 나가
가는 철사로 당신과 나의 심장을 꿰어
그 끝에 풍선을 매달아

그리고 우리는 우리를 날려 보네

생각을 펄럭일 때마다
하늘이 무너져
나는 충분히 날 수 있는데
당신은 충분히 영원할 수 있는데

우리에겐 공감할 수 있는
또 다른 하늘이 절실해

* 북한 공작원들이 남파되어서 가족 임무를 수행하다가 가족이 되어 모두
  처형되는 영화, 〈붉은 가족〉 대사 중에서 인용

씻김굿

펜을 들어 냉동 창고 바닥에 쓰러진 한 청년의 죽음을 더듬는다

여기는 청년의 고향, 진도 바닷가

옷고름과 수건으로 그를 어르며, 슬픔을 위로한다

그가 내 몸으로 들어온다

아담하게 조여 오는 그의 시간이 밀서처럼 읽히기 시작한다

흰 수건으로 허공에 사연을 적는다

병든 어머니와 어린 동생들을 향한 걱정들, 어디에도 종결어미가 없다

이자처럼 불어난 원망이 하늘 끝자락을 움켜쥔다 수건을 놓친다

한 발을 앞으로 디딘 채 멈추어 슬픔을 쏟는다

진도 바닷길이 열린다

파도의 어깨가 들리며 춤사위가 가벼워진다

극락왕생이라는 비밀번호로 발목을 잠그고, 모도*에
몸을 가둔

그는 영원히 춤춘다

* 진도 신비의 바닷길이 연결되는 섬

천만 경계를 되살리는 기억법

앞차만 보고 달린다
시선의 높이와 사유의 깊이를 인정하는
사이드미러를 수시로 확인하지 못하고
부딪쳐도 복원될 정서적 공간을 염두에 두지 못한다
차선次善의 선택이 최선의 선택이 될 수 있는
차선은 되도록 변경하지 않는다
멀리 돌아가도 누구나 아는 길만 고집한다
낯선 길을 가야 한다면 직진이 좌회전으로
급변하는 시점을 주술처럼 부정한다
가능성이 커서 지나치기 찜찜한 회전 교차로에서는
뒤따르던 차가 백미러에 불가능하게 매달릴 때
몸 밖으로 차만 빠져나온다
재촉하거나 떠밀려도 마음을 뗄 수 없는
황색 신호를 만나면 차보다 집념으로
그 자리를 꽉 채운다 멈춰야 한다면
한숨처럼 뒤따르던 몸에 비상등을 켜고
비상하지 못함을 시인한다
한 생각을 일으키는 그 자리에서
타이어 상태를 확인하고

삼각대를 매번 확인하지는 않지만
가속 페달을 밟을 때마다 기억을 부릅뜨며
굳게 믿고 생각한 바는 굽히지 않는다
나를 고려해 추월하고 비껴 간
익명의 운전자들에게
목숨보다 질긴 기억을 빚졌다고 믿고 싶지 않다

몰라서 더 가까워지는 눈

달아나려는 두 눈을 쥐고
가장자리부터 녹는다

따스하고 조붓한 발자국에 놀라
지극한 도를 헤아려보지만

몸을 뚫고 들어와
생각까지 녹는다

감정을 뒤척일 때마다
커브를 돌며 가속도로 녹는다

밀봉된 채 바닥을 드러내는
홑겹의 시선

머뭇거리다
목숨을 지나칠 것 같다

이쯤이면 절망과 고뇌가

어딘가에 거점을 두어야 할 것 같은데

저기 말고 여기,

가까이 있고 거대한
미궁에 빠진 마음과는 별도로

글렀다

혀 5

젖은 나무의 비린내로 당신을 규정한다. 시계추처럼
가볍게 허공을 찍다가 공수표로 사라진다. 수면을 밀면
서 몰려오는 바람으로 당신을 규정한다. 실체가 없는 자
금처럼 흘러서 한 곳에 눌려 앉으려는 나의 목소리를 쓸
어간다. 한계를 미리 정한 풍향계의 화살 끝으로 당신을
규정한다. 완고하지만, 격정 앞에서 갈팡질팡하는 마음
을 감추지 못하는 아버지의 기침 소리처럼 온통 과녁뿐
이다 춘분과 추분 사이 무질서로 당신을 규정한다. 건조
하면 분리되고 축축하면 들러붙는 마음의 식성을 추궁
할수록 현재는 겨우 남거나 충분히 부족하다. 뭍으로 나
가려는 물을 제압하는 물로 당신을 규정한다. 바람이 물
의 대열을 뒤집을 때마다 나와 당신이 뒤섞여 물의 갈기
로 너울거리며 저항한다. 당신을 규정하고 뒤돌아서서
또 규정하고 아직도 규정할 당신이 더 남아서 천만다행
이지만,

고막을 울리고 허공 밖으로 사라지지 못한 채 나는 차
곡차곡 두꺼워진다

아이의 울음

발목에 채워진 고장 난 시계와 같다

밖에서 보면 밖을 포장하지만
조금 전의 기억을 되물으면
그 자리만 점유한다

과거와 대과거를 모르고
지금 여기에 묶여 있는 아이의 울음 언저리에
열흘을 피고 시드는 꽃을 심는다

갈림길 위에서 꽃은 시들고
막다른 길 위에서 꽃은 피지만

마주한 향기는 공간의 껍질과 같아서
닿을 수 없어서 하는 수 없다

그런 탄내 나는 이해가 지속하여도
아이는 아직 오지 않고

기억을 버텨낸 어미의 감각만 튼튼해진다

문

때時와 사람 사이
어떤 문도 열 수 있는 두려움이 있다
그러나 문이 애매하다

사람과 재물 사이
캐물을수록 어떤 확신은
흘려버린 농담 속에 있다

재물과 명제 사이
한 생각도 끼어들 틈이 없어
중심에서 중심으로 지워지는 그리움을 모른다

명제와 분별 사이
꽃이 시들어도
꽃은 핀 적 없는 희망의 카르텔이다

분별과 무분별 사이
모든 그늘은 추억의 차양보다 늘,
한 뼘 짧다

무분별과 문명 사이
참 좋아서 좋을 수밖에 없는 사람은
사람이 모르는 기억뿐이다

문명과 팔자 사이
지문처럼 생겼다 지워지는
죄가 있다면,

딱 그 사이에만
문이 있다

움직이지 않으면서 움직이는 자

전광판의 불빛처럼
얼굴이 출몰할 거라는 기대에
먼저 도착한 눈 코 입 귀
한 방향으로 서 있다

누군가 번개 같은 웃음을 쏟아도
돌아보지 않는다

기다림은
풍선을 불듯 조마조마하게
오늘 밤을 부풀리는 일

속눈썹에 희망을 붙이고
버텨보지만
내가 오는 아침은 오고야 만다

나는 왜 모든 기억 속에서
나를 참을까
내가 올 것 같은 방향으로는

숨도 안 쉬고

기억이 휘발된
물기 없이 뻑뻑한 곳으로
얼굴은 달아났을까

복면을 두른 아침은
더는 인수 분해되지 않는
사고思考의 현장처럼
팍팍한데

사방이 중앙인 나의 기억은
매 순간 찢어지는 얼굴을
이목구비로 붙잡는다

선량한 양을 잡기 위한 칼날

양이 왔을 때 휘두르지 않았다
처음으로 한 처음이 되고 싶었다
상심한 너는 늑대처럼 아가리를 쫙 벌려 양가죽을 찢고
자명한 사실은 시든 목숨처럼 곤했다
양이 삶의 유일한 밑천이 될 것도 같고 다시
무수한 바닥의 바닥이 될 것도 같고
왔다 갔다고
다시 양이 오지 않을 것은 과거 지향적 집착이고
아무래도 닿을 수 없는 양은 스스로 부대끼며 울렁거
리고
기회는 호시탐탐 업장業障이 다른 양을 부화하고
그러므로 내가 모르는 양은, 양을 모르는 나는
절망할 질문이 없는 세상에서
희소성이 없다고 단정 짓고 싶은 것인데
아직도 양이 절대적이어야 내가 무척 상대적일 것 같아
기회를 갈아 양을 몰아세워 보지만
그럴수록 기회는 과장 없이 뭉뚝해서
나와 양을 딱 반으로 베지 못하고
1% 더 양을 모르는 나만 벤다

당신들의 수첩

그곳으로 당신을 벗은 내가 가고 당신을 입은 내가 가고 당신의 눈을 의식한 나의 시간이 가고 당신의 눈으로 바라본 나의 시간이 가고 나라고 주장하는 모든 내가 당신에게 향하고… 당신을 벗은 나와 당신을 입은 내가 만나고 주어가 자주 바뀌고 당신을 벗은 나와 당신의 눈을 의식한 나의 시간이 만나고 내용이 자주 바뀌고 당신의 눈으로 바라본 시간과 나의 눈으로 바라본 시간이 만나고 아무것도 쓸 거리가 없고 아무것도 아닌 일들이 아무것도 아니지 않게 흘러가고 아주 잠깐 소용돌이가 머릿속을 스치고… 당신을 입은 나와 당신의 불길한 눈을 의식한 나의 시간이 만나고 주제를 벗어난 돌이킬 수 없는 말들이 빽빽이 기록되고…

해설

무한한 가능성과 잠재력의 세계
─ 윤인미의 첫 시집

권   온(문학평론가)

1.

윤인미는 2013년 계간 『시와미학』을 통해서 시인의 이름을 얻었다. 대학에서 영문학을 전공한 그녀가 시집을 간행하게 되었다. 윤인미는 아직 널리 알려진 시인은 아니지만, 그렇기 때문에 더욱 큰 가능성을 가진 시인으로 평가할 수 있겠다.

우리가 이 자리에서 주목하려는 시편은 다음과 같다. 「물의 가면」「을乙의 논리」「명분을 찾아서」「젖은 오후」「그 말은」「혀 1」「혀 2」「혀 3」「혀 4」「배후령터널」등. 윤인미의 시가 보여주는 잠재력은 한국 시단을 살찌우는 풍요로운 계기가 될 것이다. 밝은 눈으로 살펴보기로 하자.

2.

멀어지는 기분만 있었다

생각에 묶인 채 생각 외에 충실했다

이목구비처럼 표정에 동조했지만 눈꺼풀은 눈을 몰랐다

시간은 애매하게 나를 헛디뎠다

어딜 가도 벗어 놓은 그림자만 만났다

탄내 나는 기억이 몸으로부터 고립되었다

기억이 뒤집힐 때마다 쫓기는 내가 쫓는 나를 추월했다

노인의 주름처럼 짖어댔다

흙빛으로 무심해질 때까지

아직도 타닥거리며 얼어붙은 변명 쪽으로 걸어가는 마음
은 없다

　　　　　　　　　　　　　　　　—「물의 가면」 전문

'시적詩的 파격破格'을 보여주는 시이다. 작품의 제목이 그러하고 본문도 그러하다. 시의 화자 '나'는 우선 어떤 '기분'과 '생각'을 이야기한다. '나'가 여기에서 집중하는 대상은 '시간'과 '기억'이다. 윤인미가 선택한 '기분' '생각' '시간' '기억' 등의 어휘는 관념적이거나 추상적인 상황을 조성할 가능성이 크지만, 이 시를 읽는 독자는 구체적이거나 구상적인 분위기를 경험하게 되는데, 우리는 이러한 아이러니를 어떻게 설명해야 할까?

한 연을 한 행으로 처리함으로써 독자의 집중력을 최대한 끌어올리는 방식을 선택한 이 시의 7연과 10연에 주목해 보자. "기억이 뒤집힐 때마다 쫓기는 내가 쫓는 나를 추월했다"와 "아직도 타닥거리며 얼어붙은 변명 쪽으로 걸어가는 마음은 없다"를 보면 관념觀念과 구상具象이, 추상抽象과 구체具體가 절묘하게 섞여 있음을 알게 된다. '기억'이나 '마음'이라는 관념 또는 추상이 구상적이고 구체적인 문장 속에 그럴듯하게 녹아 있기 때문이다. '물의 가면'이라는 작품의 제목 역시 독자의 상상력을 확장할 수 있는 복합적인 표현이다.

나보다 한마디쯤 앞서는 눈물도 갑이다
항상 참을 수 없이 흘러 나를 이긴다

외길만 고집하는 모성도 갑이다
잘 빗고 꾹꾹 눌러 주어도
다시 제자리로 돌아오는 가르마처럼

좌절을 용서 못 하는 결심도 갑이다
방충망에 걸린 나비를 발견하고
보내 주려고 이리저리 길을 내어주어도
나비의 집념이 끝내 나비 날개를 주저앉히는 것처럼

일기 예보에 예고된 비도 갑이다
젖지 않으려고 장화를 신고 큰 우산을 똑바로 써도
한쪽 어깨가 젖고 만다

텅 비어서 빛나는 마음도 갑이다
욕망이 들어올 틈 없이 품고 있다가
꼭 당신에게 보이고 싶을 때
본래 있던 그 자리는 온데간데없다

다 안다고 믿는 당신의 현재도 갑이다
온종일 막다른 골목에서 당신을 기다려도
당신은 이미 다른 추억을 건너고 있다

나를 지나쳤거나 나에게 미처 닿지 못한
모든 것들을 아쉬워하며 떠올리는 순간
나는 갑에서 멀어질 것이다

　　　　　　　　　　　　　　—「을乙의 논리」 전문

윤인미의 시적 감각은 독특하다. 이 시의 제목은 '을乙

의 논리'이지만 본문에는 '갑ㅐ'이 등장할 뿐이다. 그녀는 예정된 경로를 거부하고, 주어진 기대를 배반한다. 시의 화자 '나'에게 '갑'이란 "한마디쯤 앞서는 눈물"이거나 "외길만 고집하는 모성" "좌절을 용서 못 하는 결심"이거나 "일기 예보에 예고된 비" "텅 비어서 빛나는 마음"이거나 "다 안다고 믿는 당신의 현재" 등이다. 일반적인 관점에서 바라보면 '갑'일 수 없는 대상들에게 '나'는 '갑'이라는 이름을 붙인다.

작품의 마무리인 7연에 제시된 "나를 지나쳤거나 나에게 미처 닿지 못한/ 모든 것들을 아쉬워하며 떠올리는 순간"은 '갑'에서 멀어질 수 있는 단 하나의 계기이다. 인연이 없는 모든 존재를 향한 '나'의 태도는 무엇인가? 아쉬움 속에서 환기의 시간을 부여하는 일은 단절과 배제와 폭력으로 실현되는 '갑'의 자세가 아니다. 그것은 바로 진정한 '을'의 논리가 된다.

명분의 뼈가 헐거워지고 있다
명분 속에 숨어 살다가 새로운 명분을 물색한다
이빨로 잡을 수 있는 모든 명분을 앞에 쌓는다
어깨가 쫙 벌어진 명분들이 엎어져 꼬인 다리를 풀고 있다
잘근잘근 산채로 명분의 껍질을 오징어처럼 훌러덩 벗긴다
명분은 이웃집 아줌마의 얼굴이면서, 수만 가지의 표정을 가져야 한다

표정은 명분보다는 상위개념 명분이 제대로 서야 표정이
생긴다
　　이번에는 표정이 명분을 좇는다 나는 전보다 자주 벽에
부딪힌다
　　무너지는 뼈가 마음을 헛디딜 때마다 튕겨 나오는 불안
들, 등 보인 사람의 첫말처럼 시리다
—「명분을 찾아서」 전문

'명분名分'이란 무엇인가? 그것은 "각각의 이름이나 신
분에 따라 마땅히 지켜야 할 도리"나 "일을 꾀할 때 내세
우는 구실이나 이유 따위" 등의 사전적 의미를 지닌다.
우리는 이 시에서 윤인미가 '도리'나 '구실' 또는 '이유' 등
을 나타내는 명분을 시적으로 요리하는 방법에 주목할
필요가 있겠다.

　도리, 구실, 이유 등을 뜻하는 명분은 관념적이거나
추상적인 표현으로 이해되기 쉽다. 시인은 이를 구체적
이거나 구상적인 표현으로 뒤집는다. 독자는 '명분의 뼈'
'어깨가 짝 벌어진 명분들' '명분의 껍질' 등의 어구나 "명
분은 이웃집 아줌마의 얼굴이면서, 수만 가지의 표정을
가져야 한다" 등의 문장에 주목해야겠다. 윤인미의 언어
는 늘 살아있다. 그녀의 표현은 언제나 꿈틀거린다.

　　사는 게 팍팍할 때
　　옥동자 집을 찾아간다

사주 받아든 점쟁이가
귀퉁이가 털린 만세력을 들춰
세상의 우글우글한 근심 중에서
내 근심을 찾는다

무엇이든 쌀 수 있는 보자기를
내 면상에 던진다
그럴 때마다 나는,
손바닥만 한 말의 보자기 속에 갇혀
말문이 닫힌다

그 많은 근심 중에서 내 고민은 표정이 아니다
단지 시간 위에 자빠진 감정일 뿐이다

다음 손님이 방문을 열자 점쟁이는
젖은 신발 같은 나를
쏟아지는 빗속에 내동댕이친다

창자같이 미끌거리고 구불구불한
골목을 빠져나온다

홀쭉해진 지갑 안에
젖은 나를 구겨 넣는 중이다

— 「젖은 오후」 전문

가끔 그런 때가 있다. 우리는 "사는 게 팍팍할 때" '옥동자' 또는 '점쟁이'를 찾아간다. 시의 화자 '나'도 '근심' 이나 '고민'이라는 '감정'을 해소하기 위해서 '그'를 또는 '그녀'를 찾아갔을 것이다.

이 시의 개성적인 매력은 5연~7연에서 찾을 수 있다. '나'에게 '점쟁이'는 절대적인 카운슬러counselor이지만 '점쟁이'에게 '나'는 단지 지나가는 손님에 불과하다. 다음 손님이 들어오면 '나'는 '젖은 신발'이 되고 '찬밥'이 된다. '젖은 신발'이나 '젖은 나' 또는 '젖은 오후'는 기가 막힌 은유이다. 여기에서 제시하는 동사 '젖다(젖은)'의 의미는 복합적이다. 점쟁이는 '나'를 "쏟아지는 빗속에 내동댕이친다"고 이야기하지만 '쏟아지는 비'는 외부에만 국한되는 것이 아니다.

점쟁이에게 돈을 지불한 '나'의 지갑은 홀쭉해졌고, 그럼에도 불구하고 '나'의 '근심'이나 '고민'은 여전하다. 앞이 보이지 않는 길 위에서 '나'의 신발은, '나'의 오후는, '나'는 젖었다. 시인은 공간과 시간과 실존의 총체적인 피폐를 "홀쭉해진 지갑 안에/ 젖은 나를 구겨 넣는 중이다"라고 표현함으로써 거부할 수 없는 실감을 준다.

　　불쑥 발부터 들이민다

　　입술에 별과 달과 해가 묻어 있다

울타리보다는 문에 더 끌린다

손을 넣으면 아프지 않지만 생각을 넣으면 아프다

법전을 펼치면 한 개도 없다

혀의 꼬리를 낮추어도 발톱이 있다

발톱은 자라서 살을 파고든다

머뭇거리는 눈빛으로 한 사람에게 그 말을 쏟는다 때로는 홍기가 번쩍인다

우리 또는 나머지 시간들이 영혼을 섞는다 이론처럼 질겨진다

과장된 것일수록 쉽게 퇴색한다

갈수록 맑아지는 내 안으로 깃털보다 더 보드랍게 발을 들이민다

약속보다는 충돌에 더 끌린다

—「그 말은」 전문

시인은 '말'을 향한 민감한 촉수를 가진 자이다. 이 시

는 '그 말'에 관한 시의 화자 '나'의 섬세한 심리를 보여준다. 한 연을 한 행으로 처리함으로써 독자의 집중력을 최대한 끌어올리는 방식을 선택한 이 작품에는 의미심장한 표현이 적지 않다. "혀의 꼬리를 낮추어도 발톱이 있다" "발톱은 자라서 살을 파고든다" "머뭇거리는 눈빛으로 한 사람에게 그 말을 쏟는다 때로는 흉기가 번쩍인다" 등의 진술에는 '그 말'의 본질이 담겨있다.

윤인미에 따르면 '그 말'에는 '발톱'이 있고, '발톱'이 있는 '그 말'은 살을 파고드는 공격성이 있는 '흉기'이다. '발'을 활용한 시인의 표현력이 흥미롭다. 곧 그녀는 '그 말'의 속성을 효과적으로 표출하기 위하여 '발톱'이라는 어휘와 더불어 "불쑥 발부터 들이민다"나 "갈수록 맑아지는 내 안으로 깃털보다 더 보드랍게 발을 들이민다" 등의 진술을 내세운다. '말'을 '발'과 결합하면서 구체성을 확보한 시인은 '생각' 역시 '손'과 결합함으로써 구상성을 획득한다. 우리는 "손을 넣으면 아프지 않지만 생각을 넣으면 아프다"라는 매력적인 문장을 음미할 필요가 있겠다.

　　손으로 얼굴을 괴고 오래도록 당신을 바라봐요 창 하나를 사이에 두고

　　우리 둘은 너무도 먼 나라의 사람들

익숙해지면 쉽게 오해하는 법,
  창문으로 들어와 어디론가 뻗어 가는 당신의 언어, 지금
막, 내가 쏟아내는 언어 위에 내려와 앉네요

  우리 둘은 너무도 가까워질 수 있는 사람들

  조여 오며 하나가 되고 싶어하는 당신의 사랑이
섞일 수 없는 내 마음을 지그시 눌러요

  포크처럼 포개어져도 나이프처럼 헤어져도
의미 없이 서로 맴도는

  당신과 나의 거리는 지상에서 가장 가까운 거리

  그런데 당신의 언어보다 먼저 창을 넘어온 눈빛은
왜 아직도 제자리에 묶여 있죠
                                          ―「혀 1」 전문

  앞에서 '말'에 집중했던 시인은 이번에는 '언어'에 집중
한다. 이 시를 주도하는 인물은 시의 화자 '나'와 '당신'이
다. '나'와 '당신'을 묶은 '우리 둘'이라는 표현도 등장한
다. "우리 둘은 너무도 먼 나라의 사람들"인 동시에 "우
리 둘은 너무도 가까워질 수 있는 사람들"이다.
  '나'와 '당신'을 아우르는 '우리 둘'은 '너무 멀' 수도 있
고 '너무 가까울' 수도 있는 사이이다. '내가 쏟아내는 언

어'와 '당신의 언어'가 '오해'와 '이해' 사이에서 방황할 수 있는 것이다. '당신의 사랑'과 '내 마음'은 "포크처럼 포개어"질 수도 있고 "나이프처럼 헤어"질 수도 있다는 말은 '우리 둘'의 관계를 암시한다. "당신과 나의 거리는 지상에서 가장 가까운 거리"라는 표현이 적용될 수 있는 관계를 연인戀人으로 불러도 좋을 것이다. 이 시의 제목이기도 한 '혀'는 '우리 둘'을 연결하는 전위적인 '매개'일 수 있다.

대부분의 그녀는 대부분 잘 먹는다 한통속이다 그녀들 중심에 서면 갇힌 바람이 뼈와 골수 파먹는 소리가 들린다

대부분의 그녀는 대부분으로 읽히는 것을 싫어한다 피었다 지는 꽃처럼 그러나 이름은 서랍 속에 두고 다닌다

대부분의 그녀는 대부분의 생生을 과녁으로 인식한다 과녁은 자신의 결핍을 추궁하는 눈빛. 눈빛이 강할수록 입에서 쏟아지는 화살로 심장을 맞힌다

대부분의 그녀는 대부분의 봄볕처럼 킥킥 웃는다 웃음소리는 말에 찍힌 앓는 소리 푸성귀 같은 상처가 여기저기서 웃자란다

대부분의 그녀는 대부분의 그에 의해서 보호받는다 대부분이 그는 중요한 순간에 자리에 없다

대부분의 그녀는 대부분의 그녀를 용서해야만 살 수 있
다 이름을 호명하며 용서하는 것이 아니라 개괄적으로 용
서한다

―「혀 2」 전문

윤인미는 이번 시집에서 '혀'라는 제목으로 연작시를
보여주는데 이 시는 그중 하나다. 그녀는 여기에서 두
가지 유형의 반복을 시도한다. 작품 제목으로서의 '혀'와
본문 구절로서의 "대부분의 그녀는"이 그것이다. 6연으
로 이루어진 이 시의 각 연은 모두 "대부분의 그녀는"으
로 시작한다는 점이 인상적이다. 이러한 반복은 운율 또
는 리듬을 형성하는 동시에 여성 일반을 가리키는 효과
가 있다.

이 시의 2연과 5연과 6연은 여성 일반의 속성을 절묘
하게 포착했다는 점에서 독자들로서는 눈여겨봐야겠다.
2연에 따르면 여성은 일반적으로 '대부분'으로 규정되는
것을 싫어한다. 여성이 "대부분으로 읽히는" 경우는 누
구의 '아내'나 누구의 '엄마' 등으로 불리는 때이다. 그럼
에도 불구하고 "대부분의 그녀는" 자신의 고유한 '이름'
을 잃어버린 채 살아가고 있다.

5연에는 '그녀'와 '그'가 등장한다. '그녀'와 '그'의 사이
는 부부夫婦나 연인戀人일 수 있는데, 두 사람의 관계는 아
이러니하다. '그녀'는 '그'에 의해서 보호받는 대상이지만

'그'는 중요한 순간마다 사라진다. '그'는 '그녀'의 진정한 보호자가 아니다. '그'는 보호자라는 이름을 내세우고 있으나 결정적인 순간에는 없는 존재이기 때문이다. 남편이나 애인의 보호를 기대하는 '그녀' 또는 여성은 스스로를 홀로 보호해야 하는 운명에 위치하는 것이다.

"대부분의 그녀는 대부분의 그녀를 용서해야만 살 수 있다"라는 6연의 진술은 '그녀'가 처한 삶의 신산辛酸을 알려준다. 스스로를 용서하지 않으면 살 수 없는 현실. 자신의 잘못이 아님에도 불구하고 '그녀'는 무조건적인 용서를 강요받고 있다는 것. 이어지는 "이름을 호명하며 용서하는 것이 아니라 개괄적으로 용서한다"라는 문장을 보자. 수많은 '그녀'는 고유한 '이름'을 포기한다. '개인'으로서의 용서를 포기하고 '그녀'는 '대부분의 그녀'가 된다. '여성'이라는 개괄적인 표현에는, '여자'라는 개괄적인 표현에는 그네들의 뜨거운 삶이, 치열한 용서로서의 삶이 담겨있다.

주둥이로 하는 말은 지폐가 보일 때 확 읽힌다 마음으로 하는 말은 알몸이 드러날 때 더듬더듬 읽힌다 주둥이와 마음은 문패를 같이 쓰는 사이, 아버지와 아들처럼, 엄마와 딸처럼 주둥이로 말하다가 우물쭈물 옷을 벗는다 마음으로 말하려다 욱, 하는 마음에 자빠져 주둥이로 허공을 후려친다

주둥이와 마음 그 어느 편도 들 수 없는 나는, 저물도록
돌아갈 말이 없다

—「혀 3」 전문

윤인미는 '말'을 다루는 자로서의 시인이다. 그녀는 여
기에서 '말'을 두 갈래로 나눈다. 시인은 '주둥이로 하는
말'과 '마음으로 하는 말'을 구분한다. 흥미롭게도 두 갈
래의 '말'은 구분되는 동시에 맞닿아 있다. '주둥이로 하
는 말'은 '지폐가 보일 때' 읽을 수 있고, '마음으로 하는
말'은 '알몸이 드러날 때' 읽을 수 있다. 두 갈래의 말이
다른 종류의 말인 것 같지만 사실 하나의 말일 수 있다
는 윤인미의 전언은 진실에 가깝다. "주둥이와 마음은
문패를 같이 쓰는 사이"라는 규정이 가능한 까닭은 어디
에 있을까? 시인은 이 시에서 '지폐'를 보이고 '알몸'을
드러냄으로써, 진심眞心을 보이고 진정眞情을 드러냄으로
써, 말은 소통의 매개가 될 수 있음을 보여주고 있다.

딱,
그녀가 머문 그곳까지만 가 보자

늘 입던 육체는 집에 두고
그녀의 것과 비슷한 것을 구해서 입고 가 보자
보폭도 기억해 흉내를 내 보자
기억이 축축한 그 지점에 도달하면
그녀의 행세를 제대로 해 보자

귀를 막고 뱉는 나의 말에
얻어맞아 피를 흘리며
아파하는 그녀를 재현해 보자

그녀에게 가는 데 한 생이 다 걸린다
— 「혀 4」 전문

　시의 화자 '나'와 '그녀'가 여기에 있다. '나'와 '그녀'는
한때 '우리'라는 이름으로 묶일 수 있는 사이였을 테지만
지금 두 사람은 이격離隔의 상태에 위치한다. '나'는 '그녀'
를 향한 어떤 행동이나 일을 시도한다. 5회 반복되는 '~
보자'의 어법語法은 '그녀'를 향한 '나'의 복합적 감정을 드
러낸다.

　'나'는 '그녀'가 머물던 '그곳'을 찾고, '그녀'가 입던 '육
체'를 구하며, '그녀'의 '보폭'을 흉내 낸다. '나'는 '그녀'의
'행세'를 하고 싶고, '그녀'를 재현하고 싶다. 그러니까
'나'는 '그녀'의 집과 '그녀'의 옷과 '그녀'의 걸음걸이를 복
원함으로써 '그녀'를 오롯이 되살리고 싶은 것이다.

　'나'가 '그녀'에게 이토록 집착하는 이유는 무엇일까?
'나'의 '말'이 '그녀'를 아프게 했기 때문이다. '나'의 '말'에
'그녀'가 "얻어맞아 피를 흘"렸기 때문이다. '나'의 '혀'에
서 나온 '말'이 '그녀'에게는 지울 수 없는 상처이고 고통
이었을 것이기에, '나'는 "그녀에게 가는 데 한 생이 다
걸린다"고 하여도 포기할 수 없다. "귀를 막고 뱉는 나의

말"이라는 표현에 주목한다면 '나'는 '그녀'와 온전한 소통을 시도하지 않았던 것 같다. 후회後悔의 감정에 놓인 '그녀'와 '나'의 관계를 모녀母女로 규정해도 그르지는 않을 게다.

> 수시로 중앙선을 벗어난 감정이
> 마주 오던 말과 충돌한다
> 말은 타당한 감정을,
> 감정은 변명을 껴입는다
> 말과 감정이 목청을 높여
> 사고事故를 부풀린다
> 터널 속에 잠복해 있던
> 실제의 현장이 상황을 부추긴다
> 코끼리를 삼킨 구렁이처럼
> 사고思考는 변신을 거듭한다
> 현장이 수습되어도
> 감정은 여전히,
> 사고 직후의 감정으로 치닫는다
> 어둠을 배후로 자라나는 터널은
> 조금도 반성하지 않는다
>
> ―「배후령터널」 전문

'배후령터널'은 강원도 춘천시 신북읍과 화천군 간동면을 잇는 국도 제46호선 상의 터널로, 배후령과 오봉산을 관통한다. 왕복 2차로의 터널 1개소로 구성되어 있는

'배후령터널'의 길이는 5,057m, 폭은 11.5m, 높이는 10.2m이다. 5,057m의 '배후령터널'은 한때 국내 최장 도로였다.

시인은 이 시에서 '배후령터널'을 통과하면서 느낀 다양한 생각과 감정을 시로 형상화한다. 깜깜한 터널로 진입하는 순간, 우리의 의식은 다양한 생각과 감정의 자유로운 흐름을 경험한다. 터널 안은 앞에 가는 차와 뒤에 오는 차와 마주 오는 차로 복잡하다. '사고事故'가 발생할 경우 '말'이 충돌하고, '감정'이 오가며, '변명'이 섞인다.

'사고事故'는 '사고思考'나 감정을 불러오기도 한다. 사고 "현장이 수습되어도/ 감정은 여전히,/ 사고 직후의 감정으로 치닫는다"라는 진술은 절묘하다. 사고 직후의 감정으로, 격앙 상태로 남아있다는 건, "조금도 반성하지 않는다"라는 뜻. 윤인미는 여기에서 "변명을 껴입는" 감정이라는 특수한 체험을 보여준다. '사고事故'와 '사고思考'의 연결은 '말'을 민감하게 다루는 자로서의 시인詩人의 역량을 드러낸다. 이 시의 마지막 행 "조금도 반성하지 않는다"에서 김수영의 시 「절망」을 떠올리는 일도 가능하겠다.

3.

우리는 윤인미의 첫 시집 중 열 편의 시에 주목하였다. 「물의 기면」은 '시적詩的 파격破格'을 보여주는 시이다.

작품의 제목이 그러하고 본문도 그러하다. 그녀의 작품을 읽는 독자는 관념觀念과 구상具象이, 추상抽象과 구체具體가 절묘하게 섞여 있음을 알게 될 것이다. 「을乙의 논리」는 윤인미의 독특한 시적 감각을 보여준다. 이 시의 제목은 '을乙의 논리'이지만 본문에는 '갑甲'이 등장할 뿐이다. 그녀는 예정된 경로를 거부하고, 주어진 기대를 배반한다. 「명분을 찾아서」에서 도리, 구실, 이유 등을 뜻하는 명분은 관념적이거나 추상적인 표현으로 이해되기 쉽다. 시인은 이를 구체적이거나 구상적인 표현으로 뒤집는다. 윤인미의 언어는 늘 살아있다. 그녀의 표현은 언제나 꿈틀거린다.

「젖은 오후」의 개성적인 매력은 5연~7연에서 찾을 수 있다. '나'에게 '점쟁이'는 절대적인 카운슬러counselor이지만 '점쟁이'에게 '나'는 단지 지나가는 손님에 불과하다. 다음 손님이 들어오면 '나'는 '젖은 신발'이 되고 '찬밥'이 된다. '젖은 신발'이나 '젖은 나' 또는 '젖은 오후'는 기가 막힌 은유이다. 시인은 '말'을 향한 민감한 촉수를 가진 자이다. 「그 말은」은 '그 말'에 관한 시의 화자 '나'의 섬세한 심리를 보여준다. 한 연을 한 행으로 처리함으로써 독자의 집중력을 최대한 끌어올리는 방식을 선택한 이 작품에는 의미심장한 표현이 적지 않다. 시인은 「배후령터널」에서 '배후령터널'을 통과하면서 느낀 다양한 생각과 감정을 시로 형상화한다. 깜깜한 터널로 진입하는 순간, 우리의 의식은 다양한 생각과 감정의 자유로운 흐름을 경험한다.

「혀 1」를 주도하는 인물은 시의 화자 '나'와 '당신'이다. '나'와 '당신'을 묶은 '우리 둘'이라는 표현도 등장한다. "우리 둘은 너무도 먼 나라의 사람들"인 동시에 "우리 둘은 너무도 가까워질 수 있는 사람들"이다. 이 시의 제목이기도 한 '혀'는 '우리 둘'을 연결하는 전위적인 '매개'일 수 있다. 윤인미는 이번 시집에서 '혀'라는 제목으로 연작시를 보여주는데 「혀 2」는 그중 하나다. 그녀는 여기에서 두 가지 유형의 반복을 시도한다. 작품 제목으로서의 '혀'와 본문 구절로서의 "대부분의 그녀는"이 그것이다. 6연으로 이루어진 이 시의 각 연은 모두 "대부분의 그녀는"으로 시작한다는 점이 인상적이다. 이러한 반복은 운율 또는 리듬을 형성하는 동시에 여성 일반을 가리키는 효과가 있다. 윤인미는 '말'을 다루는 자로서의 시인이다. 그녀는 「혀 3」에서 '말'을 두 갈래로 나눈다. 시인은 '주둥이로 하는 말'과 '마음으로 하는 말'을 구분한다. 흥미롭게도 두 갈래의 '말'은 구분되는 동시에 맞닿아 있다. 두 갈래의 말이 다른 종류의 말인 것 같지만 사실 하나의 말일 수 있다는 윤인미의 전언은 진실에 가깝다. 「혀 4」의 화자 '나'가 '그녀'에게 집착하는 이유는 무엇일까? '나'의 '말'이 '그녀'를 아프게 했기 때문이다. '나'의 '말'에 '그녀'가 "얻어맞아 피를 흘"렸기 때문이다. '나'의 '혀'에서 나온 '말'이 '그녀'에게는 지울 수 없는 상처이고 고통이었을 것이기에, '나'는 "그녀에게 가는 데 한 생이다 걸린다"고 하여도 포기할 수 없다.

한국시단을 뜨겁게 달굴 '진짜' 시인이 나타났다. 그 시인의 이름은 윤인미이다. 그녀의 시에는 '말'과 '언어'가 있다. 그녀의 시에는 또한 '은유'와 '리듬'이 있다. 윤인미의 시는 삶과 맞물려서 나아간다. 시인의 시는 관념觀念이나 추상抽象에 머무르는 것을 거부한다. 그녀의 시는 구상具象이나 구체具體로 전진한다. 윤인미의 시를 읽는 독자는 생각하고 상상하며, 체험하고 경험한다. 시인의 시를 읽는다는 것은 무한한 가능성과 잠재력의 세계에 빠져드는 일이다.